AF397223

Russian Hostage 3

In Russland verkauft

Olga Pizda

Inhaltsverzeichnis

Lena, die nach Russland verschleppt wurde, wurde von ihrem Gastgeber verführt. Da ein Freund von ihm ebenfalls sehr fasziniert von der jungen Schönheit ist, beschließt er, Lena für Geld anzubieten ...

Akzeptanz

Vitali überlegt noch eine Weile, wie er Lena aus dem Haus führen kann. Wenn sie das nächste Mal mit ihm shoppen gehen oder einen Ausflug machen möchte, wäre es zwar eine gute Gelegenheit, allerdings wäre da immer noch der Fahrer, der ganz genau weiß, wo sich die Beiden befinden und Viktor sofort Bescheid gibt, wenn er sie nicht mehr entdecken kann oder ihm etwas komisch vorkommt.

«Nein, das wäre keine Option. Außerdem hat Viktor in der ganzen Stadt Männer, die ihm helfen würden. Er würde mich sofort erwischen und dann würde er nicht lange zögern und uns beide umbringen. Das kann ich nicht riskieren», überlegt er und räumt die Lebensmittel wieder zurück in den Kühlschrank. Heute kann er sich noch keinen Plan überlegen, aber er weiß, dass er noch Zeit hat, weil Viktor noch lange nicht mit seiner Sexsklavenausbildung fertig ist.

Lena huscht zurück in ihr Zimmer und legt sich anschließend auf ihr großes, luxuriöses Bett. Vitalis Geschichte beschäftigt sie noch immer und sie fragt sich, ob sie ihre Familie je wiedersehen wird und das Leben leben kann, was sie sich einmal vorgestellt hat. Zwar hat Viktor ihr versprochen, dass sie bald zurückkehren kann, einen genauen Zeitpunkt hat er ihr aber noch nicht verraten. Sie steht noch einmal auf und will Viktor erneut fragen, aber da hört sie laute Stimmen aus dem Saal kommen und weiß, dass seine Gäste immer noch da sind. Sie möchte denen heute aber nicht mehr begegnen und beschließt daher, schlafen zu gehen.

Als sie am nächsten Morgen aufwacht, sieht die Welt wieder ganz anders aus. Das schlechte Gefühl ist verflogen, als sie sich in ihrem wunderschönen Zimmer umblickt.

«Vielleicht ist es ja wirklich gar nicht so schlecht», redet sie sich ein und geht ins Badezimmer, um sich für das Frühstück fertig zu machen. Als sie durch die großen Flure läuft und die kostbaren Gemälde an den Wänden betrachtet, weiß sie, dass sie es nicht so schlecht getroffen hat.

«Ich hätte auch in irgendeinem Kellerverlies landen können», denkt sie sich und öffnet die Tür zum Esszimmer.

«Hallo Miss Lena», sagt eine der Küchenmitarbeiterinnen zu ihr, die als einzige etwas Deutsch spricht.

«Hallo Magda», antwortet Lena freundlich und sieht, wie sie sofort in die Küche huscht.

«Ich bringen Ihnen Frühstück», sagt sie.

«Ach nein. Das kann ich mir doch auch selbst holen», protestiert Lena, aber da ist die kleine Frau auch schon durch die Tür verschwunden.

Lena setzt sich daher an den großen Tisch und wartet. Normalerweise würde sie ihre Zeit jetzt damit verbringen sich auf den Social Media Kanälen über das Leben ihrer Freunde oder irgendwelcher B-Promis zu informieren, aber ein Handy hat Viktor ihr natürlich nicht erlaubt, damit sie keinen Kontakt zu ihren Freunden, der Familie oder gar Polizei aufnehmen kann. Daher starrt sie einfach nur in den Raum und dreht sich erwartungsvoll um, als sich die

Tür öffnet, weil sie hofft, dass es Magda ist.

«Hallo Lena!», sagt eine tiefe, männliche Stimme und sie erkennt, dass es Thomas ist. Im Tageslicht sehen seine Narben noch schlimmer aus und er wirkt dadurch noch angsteinflößender.

«Guten Morgen», sagt sie höflich und guckt zu, wie er sich ihr gegenüber setzt.

«Ich habe gehört, dass das Frühstück sehr gut sein soll», versucht er ein Gespräch zu beginnen, woraufhin Lena nickt.

«Ja, Magda macht ein tolles Omelette», bestätigt sie und beobachtet ihn weiterhin. Er legt gleich zwei Handys auf den Tisch. Wahrscheinlich eins für seine privaten Kontakte oder das andere für seine Geschäftlichen.

«Hast du dir das mit Frankreich noch mal durch den Kopf gehen lassen?», fragt er sie plötzlich und reißt Lena damit aus ihren Gedanken.

Frankreich? Was meint er? Als er ihren fragenden Blick sieht, führt er es weiter aus.

«Ich habe dich gestern gefragt, ob du gerne mal für ein paar Tage mit auf meine Yacht kommen möchtest», sagt er, was Lena vollkommen vergessen hat.

«Oh das. Ich habe Viktor noch gar nicht gefragt. Ich weiß nicht, ob das möglich ist», antwortet sie, weil sie es tatsächlich nicht weiß.

«Ach, das sollte kein Problem sein. Ich kann natürlich auch einen seiner Männer mitnehmen, wenn er oder du dich dann sicherer fühlen. Aber eigentlich vertraut er mir», sagt er und Lena weiß sofort, dass sie nur mit

Vitali auf das Boot gehen will. Sie traut Thomas oder seinen Männern nicht so recht.

«Gut, ich spreche noch mal mit ihm», erwidert sie und wenig später rollt Magda einen großen Servierwagen mit mehreren Tellern und Etageren in den Essbereich.

«Frühstück!», sagt sie nur und mit leuchtenden Augen starrt Lena auf die reichhaltige Auswahl, die vor ihr aufgetischt wird. Nicht nur das leckere Omelette steht nun vor ihr, sondern auch eine große Vielzahl an Brötchen, Broten und anderen Gebäcksorten. Dazu eine Käseplatte, Wurst, Marmelade und eine Schüssel mit Obstsalat.

«Danke Magda», sagt sie fröhlich, als sie sich ein Glas frisch gepressten Orangensaft einschenkt.

Den Rest des Frühstücks verbringt sie schweigend, weil Thomas damit beschäftigt ist, lauthals mit irgendwelchen Leuten am Telefon zu diskutieren. Sie versteht kein Wort, aber er wirkt wütend, weswegen sie sofort verschwindet, als sie fertig ist.

Wieder läuft sie ziellos durch das Haus und weiß nichts, mit ihrer Zeit anzufangen. Bis sie einen Raum entdeckt, den sie vorher noch nicht betreten an.

«Bibliothek», sagt das Schild neben der Tür und neugierig öffnet sie die Tür.

Es ist ein winziger Raum, an dessen Wände deckenhohe Regale stehen, die über und über mit Büchern gefüllt sind. Mehrere kleine Ledersessel stehen im ganzen Raum verteilt, die von Stehlampen beleuchtet werden. Lena tritt ein, schließt die Tür hinter sich und schaut sich in Ruhe um. Sie findet nicht nur russische Bücher, sondern auch zahlreiche Englische und sogar Deutsche. Selbst ihr Lieblingsbuch ist vorhanden, was sie glücklich aus dem Regal zieht, es sich auf einem der Sessel bequem macht und anfängt zu lesen.

Sie vergisst die Zeit total und steht erst auf, als sie bemerkt, dass sie auf die Toilette muss. Das Buch lässt sie aufgeschlagen auf dem Sessel liegen, während sie sich aus dem Raum schleicht und den Gang runterläuft.

«Lena!», ruft eine männliche Stimme und sie dreht sich panisch um. Vor ihr steht Vitali, der sie schockiert anguckt.

«Wo warst du? Ich habe die ganze Zeit nach dir gesucht. Viktor will dich sehen», sagt er.

«Ich war nur in der Bibliothek», antwortet sie verwundert. Sie hat nicht gewusst, dass das zu einem Problem werden könnte.

«Okay, ich muss vorher nur kurz auf die Toilette», sagt sie und Vitali bleibt vor dem kleinen Raum stehen, bevor er sie dann zu Viktor begleitet.

Der sitzt in seinem Büro und hat gerade ein Gespräch mit Thomas hinter sich. Er hat mit ihm darüber gesprochen, dass er Lena gerne für ein paar Tage «ausleihen» möchte, damit sie ihn mit auf das Boot begleitet.

Anfangs ist Viktor nicht sehr begeistert davon gewesen, schließlich hat er sich gerade an sie gewöhnt und daran, dass er sie so formen kann, wie er will und sie ihm immer mehr verfällt. Aber dann hat Thomas vorgeschlagen, dass er ihm sogar Geld dafür bezahlen würde.

«Ich komme natürlich für alle Kosten auf und zahle dir zusätzlich noch eine kleine Entschädigung. Du musst dir in der Zeit sicherlich andere Mädchen bringen lassen», sagt er, was Viktor hellhörig macht.

Auf die Idee, dass er Lena gegen Geld verleihen könnte, ist er noch gar nicht gekommen.

«Darauf würde ich mich einlassen», sagt er. «Aber gib mir noch etwas Zeit. Ich bin noch nicht mit ihr fertig. Wenn ich meine Ware anbiete, dann soll sie perfekt sein.»

Die Beiden schütteln sich die Hände, um das Geschäft zu besiegeln. Zufrieden verlässt Thomas sein Büro und tritt anschließend die Heimreise an. Viktor will Lena in ihrem Zimmer besuchen, kann sie aber nicht finden. Er fragt die Putzfrauen, die sie ebenfalls nicht gesehen haben und geht davon aus, dass sie wieder mit Vitali einen Ausflug macht, aber der sitzt in seinem Büro und erledigt Papierkram.

«Sucht sie und bringt sie zu mir!», sagt er zu seinen Männern, die daraufhin das ganze Haus durchsuchen. Nur in der Bibliothek hat keiner geschaut.

Mit einem schlechten Gefühl betritt Lena sein Büro, doch zu ihrer Überraschung lächelt er.

«Hallo Lena. Wo hast du dich denn versteckt? Ich habe dich vorhin in deinem Zimmer gesucht», sagt er und sofort bereut sie es, dass sie unbedingt in der Bibliothek statt in ihrem Zimmer lesen wollte.

«Ich habe total die Zeit beim Lesen vergessen», erklärt sie und setzt sich ihm gegenüber.

«Kein Problem!», sagt Viktor nur freundlich, steht von seinem Stuhl auf und setzt sich ihr gegenüber auf seinen Schreibtisch.

«Wie gefällt es dir hier? Bist du immer noch zufrieden?», fragt er und wieder steigt Lena sein unwiderstehlicher Duft in die Nase. Sie hofft, dass er sie gleich packen und über seinen Schreibtisch beugen wird, um sie hart von hinten zu ficken.

«Ja, ich fühle mich wohl», antwortet sie knapp, weil sie seinem intensiven Blick nicht so lange standhalten kann.

«Das freut mich. Wie hat dir Thomas gestern gefallen? War er nett zu dir?», fragt er und sie nickt.

«Er hat gefragt, ob ich ihn mit seine Yacht begleiten möchte», erzählt sie, während Viktor verständnisvoll nickt.

«Ja, das hat er mir eben erzählt. Er wollte meine Erlaubnis dafür. Natürlich darfst du mit ihm gehen, wenn du möchtest. Er hat ein sehr schönes Boot und um die Jahreszeit ist es auch sehr schön in Südfrankreich. Es ist noch warm, die Touristen sind alle weg und man kann stundenlang auf dem Deck liegen. Ich würde mitkommen, wenn ich könnte, aber zeitlich passt es leider nicht. Aber ich schicke Vitali mit, damit er auf dich aufpassen kann.»

Lena hat nicht erwartet, dass er zustimmen wird. Einerseits freut sie sich, weil sie noch nie auf einer Yacht war und stellt es sich toll vor. Es wäre auch eine schöne Abwechslung vom grauen Wetter hier. Andererseits misstraut sie Thomas noch immer und hat etwas Angst davor, so lange mit ihm in der Nähe zu sein, obwohl Vitali mitkommen wird.

«Hmm … ich bin mir noch nicht sicher, ob ich wirklich mitkommen will», sagt sie daher.

«Was spricht denn dagegen?», will Viktor von ihr wissen. Sie kann ihm schlecht sagen, dass sein Freund und wichtiger Geschäftspartner ihr Angst macht, weswegen sie nur mit den Schultern zuckt.

«Na also. Freu dich lieber auf die Sonne, das türkisblaue Wasser und das herrliche Essen, was Thomas' Koch jeden Tag für euch zaubern wird. Du wirst bestimmt viel Spaß haben», erwidert er und versucht sie somit zu überreden. Thomas hat ihm für diese Zeit eine sehr hohe Summe geboten, die er sich natürlich nicht entgehen lassen will. Außerdem hofft er natürlich auch, seine Geschäftsbeziehung mit ihm zu vertiefen, wenn Lena sich gut anstellt.

Er steht auf und greift nach Lenas Hand, um sie an sich zu ziehen. Zärtlich streichelt er ihr über die Wange und fängt dann an sie zu küssen. Sofort werden ihre Knie weich und sie verliert sich in diesem leidenschaftlichen Kuss. Unbemerkt öffnet er ihre Hose und streift sie langsam von ihren Beinen, bevor er sie dann umdreht und über den Schreibtisch beugt. Genau das, was sich Lena eben noch vorgestellt hat.

Sie spürt, dass sich augenblicklich feucht wird und zuckt zusammen, als sie Viktors Finger an ihrer nassen Pussy spürt. Sie legt ihren Kopf auf dem Tisch ab, während Viktor ihre Hände hinter ihrem Rücken verschränkt festhält. Sie hört das Klimpern seiner Gürtelschnalle und weiß, dass er jetzt seinen Schwanz rausholen wird, um sie damit zu ficken. Erwartungsvoll stellt sie ihre Beine ein Stückchen auseinander, um ihn gleich aufnehmen zu können und merkt nur wenig später, wie sich seine pralle Latte gegen ihren Eingang drückt.

Mit einem kräftigen Stoß gleitet er in sie und beginnt sie hart und schnell zu ficken.

Lena stöhnt und keucht, hält ihre Augen geschlossen, um jeden Stoß zu genießen. Nach nur wenigen Minuten ist aber alles vorbei und sie fühlt, wie sein warmer Saft ihr zwischen die Beine läuft.

«Du machst mich einfach zu geil. Ich konnte mich nicht beherrschen», flüstert er ihr ins Ohr, bevor er sie dann wieder loslässt.

«Ich muss mich noch um etwas kümmern, später habe ich dann etwas mehr Zeit für dich. Komm doch heute Abend mal auf mein Zimmer. Ich würde dir gerne etwas zeigen», sagt er.

Lena verlässt das Büro wieder und strahlt. Sie kann es kaum erwarten, dass sie später endlich mehr Zeit mit Viktor verbringen darf und ist schon

ganz neugierig auf das, was er ihr
zeigen möchte.

Die Ausbildung

Vor der Tür steht Vitali und sieht, dass sie bis über beide Ohren grinst.

«Was ist denn los? Lässt er dich wieder gehen?», fragt er, weil er sich nicht erklären kann, was sie so glücklich macht.

«Ach nein. Viktor hat mir nur gerade gesagt, dass ich bald für ein paar Tage mit auf Thomas Yacht darf. Ich wollte schon immer mal auf eine Yacht», lügt sie. Sie will ihm nicht gestehen, dass sie total in Viktor verknallt ist, weil ihr das selbst irgendwie ein wenig albern vorkommt.

«Auf die Yacht von Thomas sagst du?», erwidert Vitali überrascht. Er arbeitet schon so lange in diesem Business, dass er weiß, dass sich kein Mädchen über so eine Einladung freuen sollte.

Thomas ist dafür bekannt, dass er es auf den Partys auf seinem Boot immer besonders krachen lässt. Die Mädchen bekommen unbemerkt Drogen eingeflößt, damit sie willenlos sind und er alles mit ihnen machen kann. Er lädt unzählige Freunde dazu ein und das große Highlight am Ende ist immer die Versteigerung der Mädchen, die nach den paar Tagen voller Sex und Drogen natürlich schon so entkräftet sind, dass sie alles über sich ergehen lassen.

«Du sollst mich übrigens begleiten», reißt Lena ihn aus seinen Gedanken.

«Ich? Wirklich?», fragt er erstaunt.

Eigentlich interessiert sich Viktor nicht für die Mädchen, die sonst bei ihm wohnen. In Lena scheint er wirklich eine große Einnahmequelle zu sehen. Er schaut zu, wie Lena fröhlich zurück in ihr Zimmer läuft und weiß, dass er diesen Ausflug auf die Yacht unbedingt verhindern muss.

Dann klopft er an Viktors Bürotür, der ihn sofort hereinbittet.

«Ah Vitali. Sehr gut. Mit dir wollte ich sprechen. Setz dich doch», fordert er ihn auf und Vitali lässt sich auf dem Stuhl ihm gegenüber nieder.

«Thomas hat mich vorhin gefragt, ob er sich Lena für ein paar Tage ausleihen darf, damit sie ihn auf seine Yacht begleitet. Ich konnte natürlich nicht nein sagen, auch wenn ich mich nicht so ganz wohl bei der Sache fühle. Ich weiß ja, was er da für Partys veranstaltet und wie er mit den Mädchen umgeht. Die meisten sind danach für nichts mehr zu gebrauchen. Aber du weißt ja, dass ich große Pläne mit Lena habe. Du sollst sie also begleiten und dafür sorgen, dass sie nicht an diesen ganzen kranken Partys teilnimmt. Ich will nicht, dass später irgendwelche Videos von ihr auftauchen, die er immer macht und sie beim Sex mit zwanzig Männern zeigt. Das wird nur ihren Preis drücken. Sie soll weiterhin das unschuldige Mädchen von nebenan sein, das erst versaut ist, wenn sich die Schlafzimmertüren schließen», erklärt er, was Vitali ein wenig beruhigt. Auch wenn er weiß, dass ihr danach viel Schlimmeres blüht, wenn Viktor sie erstmal zum Verkauf anbietet. Aber zumindest auf dieser Reise kann er mit Viktors Segen dafür sorgen, dass ihr nichts passiert.

«Wie soll ich ihn denn davon abhalten, sie daran teilzunehmen zu lassen?», fragt er, denn er weiß, dass Thomas keine Widerworte duldet und es nicht so einfach wird, Lena von ihm fernzuhalten. Da muss er wirklich gute Gründe und Methoden kennen.

«Hmm ... gute Frage. Lass dir was einfallen. Ich zähle auf dich! Er kann sie meinetwegen ficken und die anderen Männer auch. Alles andere wäre wahrscheinlich auch zu auffällig. Aber ich will keine Videos, hast du verstanden?», antwortet Viktor, woraufhin Vitali nickt.

Auf dem schnellsten Weg hat sich Lena zurück in ihr Zimmer begeben und sich von Magda Essen bringen lassen. Sie will nicht mehr riskieren, dass Viktor noch einmal in ihrem Zimmer auftaucht, während sie nicht da ist. Nachdem sie ihre Lieblingsnudeln mit Spinat und Lachs gegessen hat, lässt sie sich ein heißes Bad ein, um ausführlich ihren Körper zu reinigen, bevor sie später zu Viktor geht. Sie fragt sich die ganze Zeit, was er wohl für sie geplant hat. Vielleicht will er ja auch mit ihr baden gehen. Oder will überall Kerzen und Rosenblätter verteilen, um dann ganz romantisch mit ihr zu schlafen? Sie kann noch immer nicht aufhören zu grinsen und sucht sich nach dem Bad ein paar schöne Dessous raus, die Viktor gefallen könnten. Darüber zieht sie ein lockeres Kleid an, was sie schnell ausziehen kann. Anschließend setzt sie sich auf ihr Sofa und wartet. Da fällt ihr das Buch wieder ein, was sie in der Bibliothek liegen lassen hat. Sie schaut auf die Uhr. Bisher hat sich Viktor noch nicht mit einer genauen Zeit gemeldet, was aber jeden Moment so weit sein könnte. Trotzdem möchte sie das Buch unbedingt bei sich haben, weswegen sie beschließt schnell runter zu huschen und es zu holen. Sie lässt absichtlich alle Türen auf, damit sie auch gefunden werden kann und zuckt überrascht zusammen, als sie Licht in der Bibliothek brennen sieht.

«Oh Entschuldigung», murmelt sie, als sie sieht, dass jemand liest. Sie schaut genauer hin und erkennt dann, dass es Vitali ist, der ihr Lieblingsbuch auf Englisch in der Hand hält.

«Oh, du bist es», sagt er, als er aufblickt, als die Tür aufgeht.

«Ja, ich wollte nur schnell das Buch holen», sagt sie und deutet auf einen der Ledersessel, auf dem ihr Buch noch immer aufgeschlagen liegt. Schnell huscht sie in den Raum, greift nach dem Buch und will dann sofort wieder verschwinden.

«Warte mal. Was liest du denn da?», will Vitali interessiert wissen.

Lena zeigt ihm den Buchrücken und er versucht den Autorennamen zu lesen.

«Von dem lese ich auch gerade etwas», sagt er und hebt sein Buch hoch. Lena grinst, als sie den englischen Originaltitel liest.

«Das ist das gleiche Buch», sagt sie und beschließt doch noch etwas zu bleiben. Es ist lange her, dass sie sich mit jemandem über Literatur austauschen konnte.

«Wie gefällt es dir bisher?», will sie von ihm wissen.

«Es ist mein Lieblingsbuch. Ich habe es schon ein paar Mal gelesen», sagt er zu ihrem erstaunen.

«Ach wirklich? Es ist auch mein Lieblingsbuch!», sagt sie begeistert. Sie fangen an, sich darüber zu unterhalten und wieder vergisst Lena die Zeit vollkommen, bis sich von jemandem unterbrochen werden. Es ist Dimitri, Vitalis Bruder.

«Der Boss sucht dich, Lena», sagt er und wartet darauf, dass Lena aufsteht und er sie begleitet. Sie hält noch immer das Buch in der Hand, was sie dann wieder zurücklegt. Bei Viktor wird sie das sicherlich nicht brauchen.

«Ich soll dich zu seinem Zimmer führen», sagt Dimitri und läuft mit ihr in den zweiten Stock. Sie befinden sich in einem abgesperrten Bereich, der nur mit einem Schlüssel betreten werden kann. Dahinter liegen noch ein paar Zimmer und eine große Flügeltür, vor der er stehen bleibt.

«Hier», sagt er und öffnet Lena die Tür. Er lässt sie eintreten und sie muss sich erst einmal in diesem riesigen Zimmer umblicken.

«Wow…», sagt sie ehrfurchtsvoll. Ihr Zimmer kommt ihr jedes Mal schon groß und traumhaft vor, aber das hier toppte wirklich alles. Sogar die Suite, die Thomas bewohnt hat. Das Zimmer teilt sich in mehrere Räume und wirkt eher wie eine kleine Wohnung. Der

Wohnbereich ist mit weißen Marmorfliesen ausgelegt, die bis zu dem großzügigen Badezimmer führen. In der Mitte thront ein großer heller Sitzbereich in dessen Mitte ein gläserner Tisch mit zahlreichen Zeitschriften und einigen Gläsern steht. Drum herum drapieren sich verschiedene Kunstwerke. Eine Bar und ein Essbereich stehen ihm hier zur Verfügung. Nur eine Küche gibt es nicht. Wahrscheinlich lässt er sich alles raufbringen. Lena läuft durch den großen Wohnbereich auf der Suche nach Viktor, der in seinem Schlafzimmer steht. Ein flauschiger, heller Teppich liegt auf dem Boden und Viktor findet sie vor seinem großen Bett wieder. Er hat sein Jackett und seine Krawatte abgelegt und die obersten Knöpfe seines Hemdes geöffnet. Als er sich umdreht, weil er ihre Schritte bemerkt hat, zieht er sich gerade den Gürtel durch die Schlaufen und hält ihn in der Hand.

«Ah, da bist du ja. Willkommen. Gefällt es dir hier?», fragt er, woraufhin Lena nickt.

Sie hat sich noch immer nicht komplett umgesehen, weil es hier so viel zu entdecken gibt. Sie bemerkt eine kleine Tür, die von seinem Schlafzimmer ab geht, hinter der sich wahrscheinlich sein Ankleidezimmer befindet.

«Das freut mich», erwidert er und lächelt dabei. Sorgfältig rollt er den Gürtel zusammen und legt ihn dann über die kleine Bank, die vor seinem Bett steht.

Lena guckt sich weiterhin um, kann aber nicht erkennen, was er vorbereitet hat. Auf dem Bett liegen weder Rosenblätter noch hat er Kerze aufgestellt und angezündet. Sie schaut jetzt dabei zu, wie er sich auf die Bank setzt und die Schleifen an seinen Lederschuhen öffnet und heraus schlüpft. Er streift sich ebenfalls die Socken von den Füßen und kommt jetzt barfuß auf Lena zu.

«Ich möchte dir etwas zeigen», sagt er, streckt seine Hand heraus und führt sie durch die kleine Tür.

Es verbirgt sich tatsächlich ein großzügiger Ankleideraum dahinter, aber auch eine weitere Tür, die sie in ein kleineres Zimmer führen. Verwirrt blickt sie sich in diesem Raum um, der über kein Fenster verfügt, während alle anderen Zimmer großzügig mit Tageslicht durchflutet werden.

«Was ist das hier?», will sie wissen und sieht sich die dunklen Möbel an, die an den Wänden stehen. Die Wände sind in einem dunklen bordeauxrot gestrichen und der Boden ist mit Parkett ausgelegt. Er passt irgendwie nicht so zum Rest seines Reiches.

«Hier vergnüge ich mich manchmal», sagt er und öffnet zwei schwarze Türen, die in die Wand eingelassen sind. Dahinter kommt ein mit roter Samt ausgelegter Schrank zum Vorschein, in dem mehrere Peitschen an Haken hängen. Erschrocken zuckt Lena zusammen.

«Du musst keine Angst haben. Ich mache nichts, was dir nicht gefällt», beruhigt er sie sofort.

«Aber ich habe mir gedacht, dass du das vielleicht gerne einmal ausprobieren möchtest.» Lena tritt näher und schaut sich die Peitschen genauer an. Sie streichelt über das feine Leder, über die glatten Stiele und traut sich eine davon in die Hand zu nehmen.

Mit so etwas ist sie bisher noch nie in Berührung gekommen. Sie kennt es aus Büchern und aus Filmen und weiß, dass einige Paare darauf stehen, wenn sie so etwas beim Sex zum Einsatz bringen, hat sich aber noch nie vorgestellt, so etwas selbst zu benutzen. Die zarten Lederbänder lässt sie über ihre Haut gleiten, bis sie leicht damit zuschlägt. Es kitzelt jedoch nur ein wenig.

«Darf ich?», fragt Viktor und nimmt ihr dann die Peitsche aus der Hand. Wie er dort mit seinem offenen Hemd, seiner engen Anzughose und barfuß mit der Peitsche steht, macht sie schon ein wenig an. Sie kann sich gut vorstellen, dass sie das mal mit ihm ausprobieren möchte.

Er greift nach ihren Arm und fährt vorsichtig mit der Peitsche darüber. Als die Lederriemen über ihre Haut gleiten, sorgt das für Gänsehaut bei ihr.

«Mhh», macht sie und stellt sich vor, wie er damit noch über andere Stellen ihres Körpers fährt.

Plötzlich holt er aus und trifft sie schmerzhaft auf ihrem Arm. Erschrocken zuckt sie zusammen und schaut auf die rote Stelle an ihrem Unterarm. Es brennt ein wenig, aber ist auszuhalten.

«War das schlimm?», fragt er und Lena schüttelt den Kopf.

«Willst du mehr?» Und jetzt nickt sie.

Viktor klappt eine der Bänke runter, die mit einem roten Lederpolster bezogen ist.

«Zieh dich aus», sagt er in einem strengen Tonfall und sofort zieht sich Lena das Kleid über den Kopf und guckt ihn danach an.

«Komplett.»

Schnell befreit sie sich von ihren schwarzen Dessous und bleibt vollkommen nackt vor ihm stehen.

«Knie dich auf die Bank», befiehlt er ihr und Lena merkt, wie sein Befehlston sie immer feuchter werden lässt.

Mit den Händen stützt sie sich auf der Bank ab, während ihr Arsch nach oben ragt und sie auf den weiteren Verlauf gespannt ist.

Viktor fährt mit der Peitsche über ihren Rücken und wieder bildet sich Gänsehaut bei ihr. Dann konzentriert er sich auf ihren Po, der besonders empfänglich für jegliche Berührungen ist und sie wünscht sich, dass er endlich mit der Peitsche zuschlägt. Aber er macht sanft weiter, fährt ihre Wirbelsäule nach, lässt die Bänder über ihre Beine fahren und als sie nicht damit rechnet, schlägt er zu.

Überrascht zuckt Lena zusammen, als er ihren Arsch damit trifft.

«Zu fest?», fragt er, doch sie schüttelt mit dem Kopf.

Es ist angenehm gewesen und tut ihr überhaupt nicht weh. Er wiederholt den Schlag auf der anderen Seite und sie genießt das Kribbeln, das er verursacht. Noch einmal schlägt Viktor mit der Peitsche zu und trifft dabei auf die gleiche Stelle, was schon etwas mehr weh tut, aber auch das genießt Lena. Sie hätte nie gedacht, dass sie an so etwas Gefallen finden könnte.

«Soll ich aufhören?», will er von ihr wissen und wieder schüttelt sie den Kopf. Daher macht er weiter und wiederholt die Schläge noch ein paar Mal, bis sie den Schmerz nicht mehr erträgt. Ihr wird heiß und ihr Arsch brennt, aber sie möchte vor Viktor nicht schwach erscheinen und mehr aushalten. Daher beißt sie die Zähne zusammen, als er noch einmal zuschlägt.

Er merkt, wie sie zuckt und anfängt zu zittern. Mit der Hand fährt er über die roten Stellen auf ihren Arsch und sie entspannt sich, als sie die Berührungen durch ihn spürt.

«Das hast du gut gemacht», lobt er sie und wieder spürt sie Stolz. Sie mag es von ihm gelobt zu werden.

Er hängt die Peitsche zurück in den Schrank und kramt etwas anderes hervor. Sie kann nicht ganz genau erkennen, was es genau ist, aber als er hinter ihr steht, hofft sie, dass er jetzt mit etwas in sie eindringen wird, denn das alles macht sie unglaublich an.

Sie spürt etwas kaltes und hartes an ihrem Schritt und merkt, wie er damit durch ihre nasse Muschi fährt. Aber anstatt es in sie zu drücken, fährt er weiter nach oben zu ihrem Arschloch.

«Zähne zusammenbeißen», sagt er und kaum, dass Lena begreifen kann, was er damit meint, drückt er ihr einen Plug in ihr enges Loch.

Sie spürt, wie er sie aufdehnt und das befreiende Gefühl, als sie die dickste Stelle geschafft hat und der Rest wie von alleine in sie rutscht.

«Gut gemacht», lobt er sie noch einmal und hilft ihr dann von der Bank runter.

«Knie dich auf den Boden», sagt er und öffnet dabei seine Hose. Gierig schaut Lena zu, wie er sie zu Boden sinken lässt, während sie auf der Höhe seines Schrittes kniet.

Sein großer, harter Schwanz befindet sich nun direkt vor ihrem Gesicht. Sie möchte die Hand danach ausstrecken, aber er hält sie zurück.

«Leg deine Hände auf deine Beine», befiehlt er ihr und sofort macht sie, was er sagt.

Danach greift er nach ihren Kopf, zieht ihn ein kleines Stück nach oben und drückt dann seinen Schwanz gegen ihren geschlossenen Mund.

«Mund auf», sagt er.

Lena öffnet ihren Mund und spürt, wie sein harter Prügel langsam in ihren Mund gleitet. Der Druck wird nicht geringer, als er hinten am Rachen anstößt, sondern er verstärkt ihn noch ein wenig. Tapfer versucht Lena ihn weiter aufzunehmen, bis ihr die Tränen in die Augen steigen und über ihre Wangen laufen.

«Nur noch ein kleines Stück», sagt Viktor und schiebt seinen Schwanz noch etwas tiefer bis er komplett in ihr steckt.

«So ist es gut», lobt er sie und hält für einen Moment still, um den Anblick zu genießen, wie sein großer Prügel in ihrem Hals steckt.

Danach zieht er ihn langsam wieder raus.

«Das hast du sehr gut gemacht», sagt er und hilft ihr wieder hoch. Auch dieses Mal ist sie wieder mit Stolz erfüllt und befreit ihr Gesicht von den Tränen.

«Kennst du das?», fragt er und deutet auf ein Kreuz, das an der Wand steht. An den Enden befinden sich Fesseln, die für Hände und Füße gedacht sind.

«Nein», sagt Lena und betrachtet das Kreuz neugierig.

«Willst du es ausprobieren?»

Sie nickt und Viktor bringt sie in die richtige Position. Mit dem Rücken stellt sie sich an das Kreuz, ihre Beine stellt sie weit auseinander, damit die Fessel ihre Füße umschließen können.

Anschließend zieht Viktor ihre Arme nach oben und legt die anderen beiden Fesseln um ihre Handgelenke.

«Stehst du bequem?», fragt er.

«Ja.»

Lena ist nervös. Sie ist ihm in diesem kleinen Zimmer nun vollkommen ausgeliefert. Keiner wird sie hören können, wenn sie schreien sollte, aber anstatt dass es Panik bei ihr auslöst, gefällt ihr der Gedanke, dass Viktor nun mit ihr machen kann, was er will. Wieder geht er zu dem kleinen Schrank und kramt etwas hervor. Es klimpert und sie sieht, wie er eine lange Kette mit zwei Klammern hervorholt. Auch das hat sie noch nie zuvor gesehen.

Er steht nun ganz nah vor ihr und befestigt die beiden Klammern an ihren Brustwarzen. Sie erwartet Schmerz, als er sie anlegt, aber sie spürt kaum etwas bis er an den Schrauben dreht, die an den Klammern befestigt sind. Damit zieht er sie fester zusammen, was sich natürlich bei ihr bemerkbar macht. Sie spürt den immer stärker werdenden Druck an ihren Nippeln und verzieht das Gesicht.

«Zu viel?», fragt er, aber Lena würde es nicht wagen, auf diese Frage mit ja zu antworten und schüttelt weiterhin ihren Kopf.

Er dreht die Klammern fester zu und Lena stöhnt auf.

«Das machst du wirklich gut», lobt er sie, während er von ihr ablässt und beobachtet, wie der Schmerz durch ihren Körper fährt. Sie zappelt ein wenig, bleibt ansonsten aber ruhig und macht keine Anstalten die Klammern oder Fesseln wieder loswerden zu wollen.

Viktor ist sehr zufrieden und weiß, dass man mit ihr noch viel mehr anstellen kann.

Wieder läuft er zu dem kleinen Schrank und holt etwas hervor. Wieder kann Lena nicht sehen, was es ist und versucht zu erahnen, was Viktor in der Hand hält.

«Du würdest wohl gerne wissen, was dich als Nächstes erwartet, nicht wahr?», fragt er, woraufhin Lena nickt.

«Das sage ich dir nicht», sagt er, dreht sich noch einmal um und nimmt etwas von einem Haken an der Wand ab. Er tritt auf Lena zu und legt ein Stück Stoff über ihre Augen, was er hinter ihrem Kopf zuknotet.

Sie ist ihm jetzt nicht nur vollkommen hilflos ausgeliefert, sondern kann auch nicht sehen, was Viktor als Nächstes mit ihr anstellen wird.

Dann hört sie lautes Summen und fragt sich, was das wohl sein mag. Sie kann Viktors Duft und seine Wärme wahrnehmen. Er muss jetzt direkt vor ihr stehen. Plötzlich durchschießt sie ein ungewohntes, aber doch auch angenehmes Gefühl. Ein Vibrator.

Viktor hält ihn direkt an ihren geschwollenen Kitzler und verharrt dort für einen Moment. Lenas Körper zieht sich zusammen. Das Gefühl ist intensiv, aber lange würde sie diesem Reiz nicht standhalten können.

«Komm ruhig», sagt Viktor zu ihrer Erleichterung und all die angesammelte Lust in ihrem Körper lässt sie mit einem lauten, tiefen Seufzen raus. Statt den Vibrator aber von ihrer empfindlichen Perle zu nehmen, lässt er ihn an Ort und Stelle. Lena windet sich hin und her. Das einst angenehme Gefühl hat sich in ein unangenehmes verwandelt. Es kribbelt und schmerzt fast ein wenig und ist für ihren Geschmack jetzt etwas zu intensiv.

Sie versucht, dem Vibrator zu entkommen, aber Viktor hält ihn weiterhin an ihren Kitzler.

Ihr wird immer heißer und sie spürt, wie der Schweiß ihr am Rücken herunter läuft. Ihr Körper spannt sich ununterbrochen an und sie merkt, wie ihr die Kräfte schwinden. Zu allem Überfluss wird der Schmerz an ihren Brüsten langsam unerträglich, aber der rückt langsam in den Hintergrund, denn dann überkommt es sie ein weiteres Mal. Sie zuckt, stöhnt und lässt sich in die Fesseln fallen. Sie hofft, dass Viktor jetzt mit ihr fertig ist und endlich den Vibrator ausschaltet, aber er macht weiter.

«Komm. Ein paar mal schaffst du noch», sagt er und Lena versucht sich für ihn anzustrengen. Sie streckt ihren Körper wieder, spürt, wie stark ihre Perle stimuliert wird und versucht sich darauf zu konzentrieren, ein weiteres mal zu kommen. Und das gelingt ihr auch. Wieder spannt sich ihr Bauch an und ihr Unterleib zuckt rhythmisch.

«Das machst du sehr gut. Noch einmal», lobt Viktor sie.

Lena ist völlig außer Atem, möchte ihm aber um jeden Preis gefallen, weswegen sie sich noch einmal zusammenreißt und ein letztes Mal kommt.

Erleichtert spürt sie, wie Viktor den Vibrator endlich von ihr wegnimmt und hört, wie er ihn ausschaltet.

«Das hast du sehr gut gemacht», lobt er sie, löst dabei ihre Fesseln und entfernt die Klammern, was einen stechenden

Schmerz in ihr auslöst. Sie traut sich nicht, die Augenmaske von ihrem Gesicht zu ziehen und wartet blind auf seine weiteren Anweisungen.

Er spürt ihre Hände auf ihrer Schulter und den leichten Druck, den sie ausüben, um sie in eine andere Ecke des Raumes zu schieben.

«Knie dich darauf», sagt er und vorsichtig setzt Lena einen Fuß vor den anderen und stößt dabei auf etwas Hartes. Sie bückt sich, bekommt dabei eine harte Holzbank zu fassen und kniet sich vorsichtig darauf.

Viktor steht direkt hinter ihr und fährt mit seinen Händen über ihren Arsch, bis er sich ihrem Schritt immer weiter nähert. Sofort zuckt sie zusammen, als seine Finger ihre nasse Pussy berühren, die noch immer pocht und empfindlich ist.

Er widmet sich dem Plug, der in ihrem Arsch steckt und spielt ein wenig damit herum bis er ihn langsam rauszieht und wieder reinschiebt, bis sich ihr Schließmuskel etwas entspannt hat.

Sie hört, wie er das schwere Teil abstellt und hofft, dass jetzt der Moment ist, an dem er sie endlich ficken wird. Aber stattdessen drückt sich etwas anderes in sie. Etwas Größeres.

«Das ist ein größerer Plug», erklärt er und Lena spürt, wie er sie deutlich stärker aufdehnt als der Letzte. Wieder beißt sie die Zähne zusammen, als der Dehnungsschmerz durch ihren Körper fährt und atmet erleichtert auf, als der Plug fest in ihr sitzt.

«Steh auf», sagt Viktor und verwundert stellt sie einen Fuß zurück auf den

Boden. Will er sie jetzt gar nicht ficken?

Sie spürt wieder seine Hände an ihrem Kopf und kann wenig später wieder den Raum sehen, weil er ihre Augenbinde gelöst hat. Ist er jetzt etwa schon mit ihr fertig?

Viktor ruft irgendetwas auf Russisch in die Richtung der Tür. Verwundert blickt sich Lena um und sieht wie ein großer, recht junger Mann hereinkommt. Es ist einer von Viktors Sicherheitsangestellten. Er ist breit gebaut, hat kurz geschorene Haare und ein genau so bedrohliches Aussehen wie Dimitri und Vitali.

«Zieh ihm die Hose aus», sagt er nun zu Lena, die für einen Moment gelähmt ist.

Weiß der Mann Bescheid, was hier drin vor sich geht. Wundert er sich nicht, dass sie komplett nackt ist?

«Mach schon!», drängt Viktor sie nun und sofort geht sie vor ihm und knüpft den Knopf seiner Hose auf, um sie dann zusammen mit seiner Boxershorts herunter zu ziehen. Zum Vorschein kommt ein gewaltiger Schwanz, der halbhart nach oben ragt.

«Mach ihn hart», befiehlt Viktor nun, der um sie herum geht und dabei zuguckt, wie Lena mit dem Riesenteil kämpft. Sie kann ihn kaum umfassen und hat Mühe damit ihn mit dem Mund aufzunehmen, aber ihre Berührungen scheinen Wirkung zu zeigen und der Prügel richtet sich langsam vor ihr auf und wird sogar noch größer.

Wieder sagt Viktor etwas auf Russisch zu dem jungen Mann, der sich daraufhin auf die Bank setzt.

«Mach weiter», befiehlt Viktor Lena jetzt, die sich zwischen seine Beine kniet. Sie spürt, wie seine Hände sich auf ihren Kopf legen und versuchen seinen Schwanz noch tiefer in ihren Hals zu schieben, was sie zum Würgen bringt.

«Nicht aufgeben. Du schaffst das», redet Viktor ihr zu, während er an dem Plug in ihrem Arsch herumspielt. Wieder drückt er darauf, zieht ihn leicht raus und drückt ihn dann wieder rein. Als er ihn problemlos raus und rein schieben kann, entfernt er ihn wieder.

Wieder hört Lena, wie er seine Hose öffnet und spürt nur wenige Sekunden später, wie sich sein harter Schwanz gegen ihren gedehnten Arsch drückt. Ohne Probleme gleitet er in sie hinein und fängt sofort an, sie mit harten und kräftigen Stößen zu ficken, während er ihren Kopf tiefer auf den Schwanz vor ihr drückt.

Das Gefühl Viktor in ihrem Arsch zu haben, während ein Riesenprügel immer tiefer in ihren Hals geschoben wird, ist einfach unglaublich. Es fühlt sich so versaut, aber auch gleichzeitig sehr geil an, was sie nie für möglich gehalten hat.

Viktors Stöhnen wird immer lauter, seine Stöße heftiger und nur wenig später merkt Lena, wie sein warmer Saft in sie schießt und spürt deutlich, wie sein Schwanz in ihr zuckt. Seine Hände liegen jedoch immer noch auf ihrem Kopf und drücken sie unaufhörlich auf das Monsterteil vor ihr, das nur mit Mühe immer tiefer in sie eindringt.

Dann zieht sich Viktor plötzlich zurück, lässt auch ihren Kopf los und sagt wieder etwas auf Russisch zu dem fremden Mann. Der steht daraufhin auf und stellt sich hinter Lena.

Ehe sie hoffen kann, dass er ihre Pussy und nicht ihren Arsch fickt, spürt sie, wie sein großer Schwanz sich in ihr aufgedehntes Loch bohrt.

Sie merkt, dass Viktor sie genau beobachtet und versucht still zu bleiben als die große Eichel ihren engen Eingang passiert und der Dehnungsschmerz für Gänsehaut auf ihrem Körper sorgt.

«Gut machst du das», lobt Viktor sie wieder und gibt dem Mann ein Zeichen, dass er schneller machen soll.

Der Rest seines Schwanzes folgt und er beginnt sich in einem rhythmischen Tempo zu bewegen. Langsam fängt Lena an, sich an seine gewaltige Größe zu gewöhnen und kann die Stöße immer mehr genießen. Sie hätte es niemals für möglich gehalten, dass sie diesen Monsterprügel in sich aufnehmen könnte, aber die Tatsache, dass sie es geschafft hat, erfüllt sie mit Stolz.

Ihr Stöhnen wird genau wie das von dem jungen Mann hinter ihr, immer lauter und dann spürt sie erneut sein Zucken und wie sein heißer Saft sie füllt.

Schnell zieht er sich wieder zurück und verlässt nach ein paar Worten von Viktor wieder den Raum.

Lena richtet sich wieder auf und schaut Viktor erwartungsvoll an. Hat er noch mehr geplant?

«Du hast dich heute sehr gut angestellt, Lena», beginnt er. «Und ich denke, dass es für den Anfang genügt. Wir können morgen gerne weitermachen, wenn du möchtest.» Ohne zu zögern nickt sie. Sie will unbedingt noch mehr erleben und ist gespannt auf das, was er sich sonst noch so für sie überlegt.

«Du kannst jetzt wieder gehen. Dimitri bringt dich gleich wieder zurück.»

Hastig zieht sie sich an und verlässt dann sein Zimmer.

«Gehen wir», sagt Dimitri, als Lena die Tür öffnet.

Er führt sie aus dem abgesperrten Bereich wieder heraus und setzt sie vor ihrem Zimmer wieder ab. Ohne ein Wort zusagen, geht er davon.

Als Lena zurück in ihrem Zimmer ist, lässt sie sofort das Wasser der Dusche heiß laufen und betrachtet sich im Spiegel. Ihre Haare sind zerzaust, die Mascara ist verlaufen. Man sieht deutlich, was sie in den letzten Stunden getrieben hat. Schnell befreit sie sich von den Spuren und wickelt ihren Körper in einen flauschigen Bademantel ein, bevor sie sich dann auf ihr Sofa setzt. Sie will nach einer Zeitschrift greifen, die sie Magda abgeschwatzt hat und bemerkt plötzlich, dass ein Buch auf ihrem Tisch liegt. Verwundert nimmt sie es in die Hand. Es ist die Ausgabe ihres Lieblingsbuches aus der Bibliothek. Wie kommt das denn hier rein? Sie hat es doch vorhin gar nicht mehr geschafft, es in ihr Zimmer zu bringen. Sie dreht es hin und her und bemerkt dann, wie ein Zettel heraus fällt.

«Damit du dich nicht wieder in die Bibliothek schleichen musst, Vitali», steht darauf.

Lena freut sich sehr über das Buch und auch darüber, dass er so aufmerksam gewesen ist und es extra in ihr Zimmer gebracht hat. Unwillkürlich muss sie über ihn nachdenken und über das Gespräch, was sie vorhin geführt haben. Sie mag ihn von Tag zu Tag ein wenig mehr und merkt, dass sie immer vertrauter miteinander werden.

Sie schlägt das Buch auf, liest zwei Seiten und schläft dann erschöpft ein.

Zufrieden bleibt Viktor in seinem Reich zurück und sagt seiner persönlichen Putzfrau Bescheid, dass sie sich um sein kleines Spielzimmer kümmern soll. Natürlich macht er die Sauerei nicht selbst weg, die gerade hinterlassen hat.

Er ist erstaunt, dass Lena so viel aufnehmen und vertragen kann und freut sich auf den Zeitpunkt, an dem er sie endlich verkaufen kann. Sie benötigt so viel mehr Aufmerksamkeit und Mühe als die anderen Mädchen, die er zu Sexsklaven ausgebildet hat.

Die hat er einfach nur für eine Woche in eins der Zimmer im obersten Stock untergebracht und sie dann jeden Abend in sein Spielzimmer geholt. Er hat sich nicht bei ihnen erkundigt, ob es zu schnell geht, ob es ihr gefällt und ob sie weitermachen will, sondern nur das gemacht, was für die Ausbildung wichtig gewesen ist. Und das ist einzig und allein, dass sie ihrem zukünftigen Besitzer gehorcht und alles macht, was er von ihr verlangt. Natürlich sind auch ihre sexuellen Fähigkeiten dafür wichtig. So muss sie jederzeit dazu in der Lage sein einen sehr großen Schwanz anal und oral aufnehmen zu können und auch mal größere Schmerzen aushalten, wenn ihr Besitzer sie mit der Peitsche bearbeiten möchte. Viktor kann es sich nicht erlauben, dass er eins der Mädchen zu viele Widerworte gibt und ihm in Verruf bringt.

Aber diese Mädchen sind alle freiwillig bei ihm gewesen, weil sie selbst als Sexsklave ein besseres Leben führen als bei ihrer Familie.

Lena dagegen kommt aus gutem Haus und hat andere Möglichkeiten im Leben, was sie dem Käufer auch deutlich machen soll. Er soll das Gefühl haben, dass sie sich freiwillig für das Leben als Sexsklavin entschieden hat, aus purer Lust darauf und nicht weil, sie dazu gezwungen wurde.

Daher muss Viktor die Sache mit ihr anders angehen und ist zufrieden mit der Entwicklung, die sie durchlebt.

Er beschließt noch einmal in sein Büro zu gehen, um ein paar Anrufe zu erledigen und trifft dabei auf Vitali, der seine Schicht gerade beendet hat.

«Hey Vitali. Fang schon mal an zu packen. In zwei Tagen geht es los nach Südfrankreich!», sagt er fröhlich zu ihm.

«Alles klar, Boss», erwidert der nur und will weitergehen. Aber Viktor fällt noch etwas ein.

«Ach ja. Und ich erinnere dich noch einmal daran, weil es wirklich wichtig ist. Keine Videos oder Fotos bei Thomas Gangbangs. Wenn ich Lena bald verkaufe, dann will ich sie als deutsches Mädchen verkaufen, das freiwillig ihr Studium abgebrochen hat, um Sexsklavin zu werden. Da sollen solche Videos nicht von ihr existieren, auf denen es so aussehen könnte, dass sie zu irgendwas gezwungen wird. Ich weiß ja, dass das bei Thomas oft der Fall ist. Sie muss unbedingt dieses Image behalten, verstanden?»

Wieder nickt Vitali und ihm wird ganz mulmig bei dem Gedanken an den späteren Verkauf von ihr und auch daran, dass sie zusammen mit Thomas auf einem Boot ist und bei seinen Partys mitmachen muss.

Er wünscht seinem Boss eine gute Nacht und zieht sich dann in sein Zimmer zurück. Als er vorhin für Lena das Buch aus der Bibliothek besorgt hat, hat er sich die englische Ausgabe ebenfalls mitgenommen. Ihm geht das Gespräch mit ihr darüber nicht mehr aus dem Kopf und möchte es gerne mit ihr weiterführen, weswegen er noch einmal das Buch durchgeht, um sich weiter mit ihr darüber austauschen zu können.

In den letzten Tagen ist sie zu der Person geworden, mit der er sich am liebsten unterhält und ihm fällt es inzwischen immer schwerer, sie ständig zu Viktor bringen zu müssen, weil er weiß, was er mit ihr anstellt.

Er ist schon früher für die anderen Mädchen zuständig gewesen und weiß, wie hart er zu ihnen sein kann. Aber sein schlechtes Gewissen hat er immer damit beruhigt, dass sie es freiwillig machen und nicht entführt worden sind. Bei Lena ist das natürlich anders, weswegen sie sich wohl immer wieder in seine Gedanken schleicht. Er erwischt sich dabei, wie er an ihr Lächeln denkt und ihre funkelnden Augen, als sie erkannt hat, dass er das gleiche Buch liest. Vielleicht sind es mehr als nur Schuldgefühle.

Mit dem Gedanken legt er das Buch wieder zur Seite und fällt in einen unruhigen Schlaf. Er träumt davon, dass er Lena nicht retten kann und sie für immer bei Thomas auf der Yacht bleiben muss, der unzählige Videos von ihr dreht und auf der ganzen Welt verkauft. Ihre Eltern bekommen sie ebenfalls zu Gesicht und verstoßen sie aus der Familie. Lena wird drogenabhängig und lebt bald auf der

Straße, weil nicht mal mehr Thomas sie haben will.

Schweißgebadet wacht Vitali auf. Das darf er auf keinen Fall zulassen.

Völlig übermüdet, steigt er unter die Dusche und macht sich für den Tag fertig. Als er in die Küche kommt und sich eins der Brote klauen will, die Magda vorbereitet hat, wird er auf einmal von Lena überrascht.

«Ich würde heute gerne einen Ausflug machen», sagt sie grinsend und schaut sie mit großen, unschuldigen Augen an. Sprachlos bleibt Vitali vor ihr stehen. Er hat in der letzten Nacht so oft über sie nachgedacht, dass ihre Anwesenheit ihn jetzt komplett aus der Fassung bringt.

«Äh ja, klar. Wohin soll es gehen?», fragt er und beobachtet, wie sie sich einen Apfel schnappt und abbeißt.

«Ich muss unbedingt in die Stadt. Ich brauche ein paar neue Bikinis. Wir fahren doch demnächst nach Südfrankreich», erwidert sie.

Vitali denkt mitleidsvoll, dass sie die Bikinis nicht braucht, weil sie sowieso die ganze Zeit nackt sein wird, will ihre gute Laune aber nicht verderben.

«Okay. Wir fahren nach dem Frühstück», antwortet er und kümmert sich um eine Tasse Kaffee.

«Super!», ruft Lena und läuft davon.

Als er fertig ist, wartet er geduldig vor der Eingangstür auf Lena, die mit federnden Schritten die Treppe herunterläuft. Sie trägt ihre dicke Jacke und eine graue Pudelmütze, weil es draußen in der Zwischenzeit noch kälter geworden ist.

«Bereit!», sagt sie fröhlich.

«Woher kommt die gute Laune?», will er von ihr wissen. Sie zuckt mit den

Schultern. «Keine Ahnung. Wahrscheinlich die Vorfreude auf die Sonne», erwidert sie, was Vitali einen Stich versetzt. Sie ist so naiv und ahnungslos. Sie hat wirklich keine Ahnung, was sie erwarten wird.

Sie erreichen den ersten Laden und Vitali hat nach seiner unruhigen Nacht Mühe mit Lena mitzukommen, die sofort zielstrebig auf die Bademodenabteilung zusteuert.

Einen nach dem anderen Bikini hängt sie sich über den Arm und verschwindet dann in die Umkleidekabine. Um sie nicht aus den Augen zu lassen, platziert sich Vitali direkt davor.

«Vitali?», ruft sie plötzlich aus der Kabine.

«Ja?»

«Kannst du mal eben gucken? Ist der gut? Sitzt der?», fragt sie und öffnet den Vorhang einen Spalt, damit er sie sehen kann.

Sie trägt einen schwarzen Triangel-Bikini, der im Rücken geschnürt wird. Vitali hat sie in letzter Zeit zwar schon öfters freizügiger gesehen, aber erst jetzt fällt ihm auf, wie schön sie tatsächlich ist. Alles sitzt an den richtigen Stellen und sie wirkt so natürlich. Ganz anders als die Frauen, denen er sonst tagtäglich begegnet.

Er mustert sie ausführlich, während sie auf sein Urteil wartet.

«Und?», drängt sie ihn.

«Ja. Steht dir super», sagt er.

«Ich weiß nicht. Ist das Höschen nicht zu knapp?» Sie dreht sich um, damit er sie von hinten betrachten kann. Der Bikini-Slip ist tatsächlich recht knapp geschnitten, aber betont ihren knackigen Po sehr gut.

«Nein. Auch das sitzt gut», antwortet er und kann sich nicht von ihrem Anblick losreißen.

«Okay. Dann nehme ich den», sagt sie und zieht den Vorhang wieder zu. Sie probiert noch weitere Modelle an, bittet ihn dabei aber nicht mehr um Hilfe.

«Fertig!», ruft sie endlich und hängt die Hälfte der Sachen wieder zurück. Knapp zehn Bikinis trägt sie zur Kasse, während Vitali am Eingang auf sie wartet und weiterhin im Blick behält. Er kann sich die Wirkung, die sie plötzlich auf ihn hat, nicht erklären. Es ist immer nur Mitleid gewesen, das dazu geführt hat, dass er nett zu ihr gewesen ist, aber plötzlich ist es etwas anderes. Er fängt wirklich an, sie zu mögen.

«Hast du auch Hunger?», fragt sie ihn, als sie den Laden gemeinsam wieder verlassen.

Plötzlich spürt er, wie sein Magen knurrt, was ihr als Antwort genügt.

«Ich hätte Lust auf Pizza», sagt sie und er stimmt zu.

Sie steigen zurück ins Auto und Vitali erklärt dem Fahrer, wo sie als Nächstes hinwollen.

Ihm fällt nur die kleine, familiengeführte Pizzeria ein paar Straßen weiter ein, die sie nun ansteuern. Als sie ankommen und vom freundlichen Inhaber begrüßt werden, merkt Vitali erst, wie klein und dunkel der Laden ist. Es gibt im hinteren Bereich keine Fenster und für Licht sorgen vor allem Kerzen.

«Mhh… romantisch!», scherzt Lena und nimmt auf dem Stuhl Platz, den ihr der Kellner zurechtrückt. Die

Karten werden gebracht und immer wieder erwischt sich Vitali dabei, wie er Lena anstarrt und schnell wieder wegguckt, als sie hochguckt.

«Hast du dich entschieden?», will sie wissen und klappt ihre Karte zusammen. Tatsächlich hat er noch gar keinen Blick ins Menü geworfen, weil er viel zu sehr damit beschäftigt gewesen ist, Lena anzuschauen.

Aber zum Glück ist es nicht sein erster Besuch hier und entscheidet sich schnell für die Pizza vom letzten Mal.

Sie geben ihre Bestellung auf und Vitali bemüht sich das Gespräch aufrecht zu erhalten, obwohl er plötzlich sehr nervös ist. Er will unbedingt einen guten Eindruck bei ihr hinterlassen und sie beeindrucken.

Er beginnt noch einmal über ihr Lieblingsbuch zu sprechen und lässt immer wieder Details daraus ins

Gespräch einfließen, um zu zeigen, dass er es intensiv gelesen hat.

Lena fühlt sich immer wohler mit Vitali. Er hat ihr sehr beim Aussehen der Bikinis geholfen und stets geduldig auf sie gewartet. Sie findet es schön, dass er sich merkt, worüber sie beim letzten Mal gesprochen haben und das Thema wieder aufgreift. Sie findet es sogar etwas schade, als sie wieder aufbrechen müssen, weil Viktor sich meldet und ihn zurückverlangt.

Als sie wieder zurück sind, verabschiedet sie sich bei ihm und betont noch einmal, wie sehr ihr der Tag heute gefallen hat, was ihn sogar zum Lächeln bringt. Er lächelt selten in ihrer Gegenwart, weswegen sie immer das Gefühl gehabt hat, dass sie ihn nervt. Aber das hat sie inzwischen gar nicht mehr.

«Ach Lena. Da wartet jemand in deinem Zimmer auf dich. Erschreck dich also nicht!», sagt Viktor, bevor er dann mit Vitali verschwindet.

Verwundert schnappt sie sich ihre Einkaufstüten und läuft damit nach oben. Vorsichtig öffnet sie ihre Zimmertür und schaut herein.

Ein Mann, den sie noch nie zuvor gesehen hat, sitzt auf ihrem Sofa und schaut sie erwartungsvoll an.

«Lena?», fragt er und selbst bei diesem kurzen Wort kann sie seinen starken, russischen Akzent hören.

«Ja», antwortet sie zögerlich, schließt die Tür hinter sich und stellt die Tüten auf den Boden.

«Du Bett. Viktor sagen ok», sagt er und beim Klang von Viktors Namen gehorcht sie sofort.

Wenn Viktor will, dass sie mit diesem fremden Mann schläft, dann macht sie das natürlich.

Unsicher geht sie auf ihr Bett zu, während sie sich die Jacke, Mütze und Schuhe auszieht und beobachtet denn Mann dabei. Er ist nur ein paar Jahre älter als Viktor, hat aber keine Haare mehr auf dem Kopf. Dafür einen dunklen Schnurrbart, der mit grauen Haaren durchzogen ist. Er ist groß und breit gebaut, wirkt aber recht sportlich. Lena bemerkt als erstes seine kräftigen Hände, an deren Finger sich goldene Ringe befinden.

Sie schaut dabei zu, wie er seine dunkelbraune Krawatte lockert und dann seine schwarzen Lederschuhe auszieht. Als Nächstes legt er sein hellgraues Jackett zur Seite und zieht sich zum Schluss die passende Hose aus. Er hat einen stark behaarten

Oberkörper und kräftige Arme, die Lena wahrscheinlich jederzeit k.o. schlagen könnten. Weiterhin regungslos bleibt sie auf dem Bett sitzen und wartet auf Anweisungen von ihm.

«Ausziehen», sagt er endlich. Schnell schält sich Lena aus ihrer Jeans, zieht den Pullover aus und wartet auf ein weiteres Zeichen.

«Ganz», fordert er sie auf und sie zieht sich auch noch den BH, Slip und die Socken aus.

Er kommt jetzt zu ihr aufs Bett und holt seinen Schwanz aus seiner Boxershorts hervor. Er ist halbsteif und nicht annähernd so groß wie der von Viktor oder seinem Mitarbeiter. Er greift nach ihrer Hand und legt ihn an seinen Prügel, woraufhin sie automatisch anfängt ihn zu massieren.

Als er steif ist, legt er sich auf den Rücken und zeigt in seine Körpermitte.

Danach zieht er Lena an den Armen auf sich rauf und jetzt erst begreift sie, dass er will, dass sie ihn reitet. Lena richtet sich auf und setzt sich langsam auf seinen steifen Schwanz, der steil nach oben ragt. Sie beobachtet seinen Gesichtsausdruck, wie er die Augen schließt und leise stöhnt, als sie sich komplett auf ihn niederlässt.

Anschließend beginnt sie, sich langsam auf ihm zu bewegen. Drückt ihr Becken nach oben, lässt es leicht kreisen, bevor es dann wieder runter drückt. Mit dem Oberkörper beugt sie sich zu ihm runter und spürt dann, wie er seine Arme auf ihre Taille legt, um ihr Tempo zu beschleunigen. Immer fester und stärker hebt er sie an und lässt sie wieder runter sinken. Sie spürt, wie seine Atmung schneller wird und er immer lauter stöhnt, während sie immer schneller wird bis sich plötzlich seine Hände fest in ihre Taille vergraben und sie seinen Schwanz in ihr zucken spürt.

Sie sieht in sein entspanntes Gesicht und merkt, dass seine Atmung langsam wieder ruhiger wird. Nur wenig später fühlt sie, wie sein warmer Saft aus ihr fließt und weiß, dass er gekommen ist. Schnell klettert sie wieder von ihm runter und wartet, ob er noch weitermachen will oder nicht. Aber er zieht sich schnell an, dreht sich noch einmal um, schaut sie an und sagt dann «tschüß».

Verwundert, aber gleichzeitig auch erregt bleibt sie zurück. Der Gedanke, dass Viktor ihr seine Geschäftspartner ins Zimmer schickt und sie ihn befriedigen soll, macht sie nicht nur

an, sondern erfüllt sie auch mit Stolz.
Das bedeutet schließlich, dass Viktor
ihr vertraut und weiß, dass sie seinem
Wunsch nachkommen wird.

Der fremde Mann, der gerade noch auf
Lenas Bett lag, läuft zurück in Viktors
Büro, in dem er und Vitali bereits auf
ihn warten.

Viktor fragt ihn auf Russisch, ob er
zufrieden ist und der Mann nickt nur
begeistert. Er geht auf Viktor zu und
lässt sich auf dem Stuhl gegenüber von
ihm nieder, um einen Stapel Papiere in
die Hand zu nehmen, die er alle
unterschreibt. Anschließend
verabschiedet er sich wieder und
verlässt mit seinem Bodyguard das
Haus.

Verwundert schaut Vitali Viktor an,
der sich nicht erklären kann, was
gerade passiert ist. Normalerweise
verlaufen Vertragsverhandlungen

immer viel schwieriger und beide
schreien sich für gewöhnlich für
längere Zeit an, bevor sie zu einem
Ergebnis kommen.

«Ich habe ihm versprochen, dass er Sex
mit einem jungen, unerfahrenen
Mädchen bekommt. Darauf steht er.
Eigentlich wollte er eine Jungfrau, aber
ich hab ihm gesagt, dass er erst Lena
ausprobieren soll und wenn er nicht
zufrieden ist, besorg ich ihm eine
andere. Aber das hat ihm wohl
gereicht», antwortet Viktor zufrieden
und lässt Vitali wieder gehen.

Dem gefällt es natürlich gar nicht, dass
Viktor sie von so vielen Männern
ficken lässt und muss seit heute
Nachmittag immer wieder daran
denken, wie er sie im Bett behandeln
würde. Er würde sich liebevoll um sie
kümmern, ihren ganzen Körper mit
seinen Händen und Mund erkunden,

bevor sie ewig lange leidenschaftliche Küsse austauschen und am Ende miteinander schlafen, und zwar so, dass sie ebenfalls auf ihre Kosten kommt.

Die Wahrheit

Er beschließt noch einmal bei Lena vorbei zu schauen und klopft vorsichtig an ihre Tür. Die ist gerade aus der Dusche gestiegen und läuft gerade im Bademantel durch ihr Zimmer, als Vitali vor ihrer Tür steht. Verwundert lässt sie ihn rein und fragt sich, was er schon wieder will.

«Ich wollte nur mal gucken, wie es dir geht. Ich habe gerade gesehen, dass ein Mann dein Zimmer verlassen hat. Geht es dir gut?», will er besorgt von ihr wissen.

Aber Lena winkt ab.

«Ja, das war doch mit Viktor abgesprochen. Alles gut», sagt sie.

«Nur weil es mit Viktor abgesprochen war, muss das nicht bedeuten, dass es dir damit gut geht», erwidert er.

«Aber es geht mir gut. Mir gefällt es, wenn Viktor stolz auf mich ist. Daher mache ich gerne das, was er von mir verlangt», sagt sie zu seiner Verwunderung. Viktor hat es tatsächlich geschafft, dass sie ihm total verfällt und alles machen würde, was er sagt.

«Wieso machst du das? Was erhoffst du dir davon?», fragt er sie.

«Er hat mir ein gutes Leben versprochen. Ich habe doch jetzt schon ein gutes Leben und mache das gerne. Wieso sollte ich mir die Zeit hier auch unnötig erschweren? Wer weiß, wie lange ich bleiben muss, bis er mich wieder zurücklässt», sagt sie und da wird ihm bewusst, wie unschuldig und naiv sie doch ist.

«Viktor lässt dich nicht wieder zurück nach Hause», gesteht Vitali ihr. Eigentlich hat er nicht vorgehabt, ihr das zu sagen. Aber er befürchtet, dass sie sich womöglich dafür entscheiden könnte, lieber bei Viktor zu bleiben, als mit ihm abzuhauen, wenn sie nicht weiß, was er mit ihr vorhat.

«Wie meinst du das?», fragt sie verwundert.

«Er erzählt dir das nur, damit er dich später als Sexsklavin verkaufen kann. Und zwar als eine, die den Kunden vermittelt, dass sie das alles freiwillig und gerne macht. So wie du. Weil du ihm total verfallen bist», antwortet er und geschockt schaut Lena ihn an. Das kann doch nicht stimmen. Das würde Viktor niemals tun!

«Glaubst du wirklich, dass er so viel Geld für dich ausgibt, wenn er am Ende nichts davon hat?», fragt er sie nun.

Lena überlegt, aber seine Worte ergeben keinen Sinn für sie. Viktor ist doch immer so nett und freundlich zu ihr. Er würde sie doch ganz anders behandeln, wenn er sie am Ende verkaufen will.

«Das glaube ich nicht!», ruft sie und schickt ihn dann raus. Sie will nicht glauben, dass Viktor sie nur benutzt und ihr die ganze Zeit etwas vorgemacht hat. Das kann sie sich einfach nicht vorstellen.

Schnell zieht sie sich an und läuft dann zu Viktors Büro. Vorsichtig klopft sie an seine Tür und tritt herein, als er das Zeichen gibt.

«Lena! Wie schön dich zu sehen! Ich wollte gerade zu dir kommen!», sagt er und sie atmet erleichtert auf. Vitali lügt sicherlich nur. Viktor hat sich wirklich gefreut sie zu sehen und denkt sogar an sie.

«Mein Geschäftspartner war sehr begeistert von dir. Er hat ohne zu zögern den Vertrag mit mir unterschrieben, weil ich ihn versprochen habe, dass du mich auf den Geschäftsreisen zu ihm begleiten wirst», sagt er und langsam kommen ihr Zweifel. Wieso verspricht er etwas, was er gar nicht planen kann? Was ist, wenn er sie schon in ein paar Wochen zurückschicken kann. Wie soll er das dann seinem Geschäftspartner erklären?

«Auf deinen Geschäftsreisen?», fragt sie daher. «Und wenn ich bald nicht mehr da bin?»

Verwundert schaut Viktor sie an. Er hat bereits vergessen, dass er ihr versprochen hat, dass sie schon bald wieder zurückkann.

«Wie meinst du das?»

«Du hast doch gesagt, dass ich bald wieder zurückkann.»

«Ich kann da leider nichts tun, Lena. Leider sieht es gerade nicht so aus, als ob du schnell wieder nach Hause kannst. Es sieht eher danach aus, dass du noch für ein paar Jahre hierbleiben musst.»

Ein paar Jahre? Das hat er zwar mal in Erwägung gezogen, aber sie ist davon ausgegangen, dass das eher nicht eintritt.

«Gefällt es dir denn nicht hier?», fragt er besorgt.

«Doch. Aber ich vermisse auch meine Familie und meine Freunde», sagt sie traurig.

«Dann muss ich wohl dafür sorgen, dass es dir besser geht. Ich mir gerade den Wetterbericht für Südfrankreich angesehen. Es soll herrliches Wetter werden», sagt er, aber Lena weiß nicht, ob sie das so glücklich macht. Wieso spricht er überhaupt immer von dieser

Reise mit Thomas? Was hat er davon? Lena denkt noch einmal an Vitalis Worte und dass Viktor sie verkaufen will. Was ist, wenn er doch die Wahrheit gesagt hat und jetzt schon Geld für sie kassiert?